骨頭會說話

Sherlock
Holmes

SHERLOCK HOLMES

大偵探福爾摩斯
骨頭會說話

律師嫌疑犯

「今天真**悶熱**啊，看來快要打風了。」華

生站在窗邊，看着天空的景色說。

福爾摩斯靠在椅子上，翻開早報**無精打采**地說：「唉……已兩個星期沒生意了，要是打風的話，下個月的租金又要麻煩你代——」

噠噠噠噠噠！

福爾摩斯還未說完，一陣急促的上樓梯聲打斷了他的說話。接着，**咚咚咚咚咚咚！**有人用拳頭拚命地敲門。

「哈哈！拍門拍得那麼粗暴，一定是有急事，終於有**生意**了！」福爾摩斯精神為之一振，把報紙往桌上一扔，馬上走去開門。

衝進來的，是一個打着領帶穿着整齊西裝，但卻**頭髮蓬鬆**、兩眼閃爍着驚惶的年輕人。

他滿頭大汗，樣子相當狼狽。

年輕人緊張地看了看福爾摩斯又看了看華生，察覺到兩人以奇怪的眼神看着他，於是連忙高聲解釋道：「對不起，福爾摩斯先生！請恕我**魯莽**，我實在快要瘋了！你知道，我就是那個慘遭不幸的**約翰·麥克法蘭**！」

「且慢、且慢，麥克法蘭先生。」福爾摩斯擺擺手安撫道，「你的口氣好像說我是認識你的，但我們應該從來沒見過面吧？請先冷靜下來，說一說你的**來意**吧。」

「對，先坐下來，喝一口**威士忌**，定一定

驚吧。」華生為了不用代付租金，也想老搭檔接下這宗生意，連忙倒了半杯酒遞上。

「啊！是的。」麥克法蘭坐下來，接過酒喝了一口，才稍為鎮靜下來，「對不起，我太緊張了，你一定要幫我！我是一個律師，正被警方追捕，必須在被捕之前把案情說清楚，以便你幫我證明我的清白。」

「你是律師？警方正在追捕你？」福爾摩斯假裝驚訝，同時卻臉帶喜色地往華生瞥了一眼。華生知道，老搭檔一聽到對方是個律師，又正被警方追捕，一定想乘人之危，狠狠地向對方敲一筆了。

6

「是啊！警方正在追捕我，可能已快到樓下了。」麥克法蘭哭喪着臉說。

「啊，**太好————**」福爾摩斯幾乎說漏了嘴，慌忙更正道，「啊，不，我的意思是你**太可憐**了。警方為甚麼要追捕你？」

「他們認為我殺了**喬納斯·奧德克先生**！」

「喬納斯·奧德克？他是甚麼人？」

「你看看這份報紙的報道就清楚了。」年輕律師用顫震着的手，

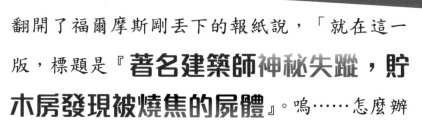

翻開了福爾摩斯剛丟下的報紙說，「就在這一版，標題是『**著名建築師神秘失蹤，貯木房發現被燒焦的屍體**』。嗚……怎麼辦

啊？肯定全城都在談論這個案子，報上還暗示我是**頭號嫌疑犯**……我的母親看到了這則新聞，一定會傷心死了……怎麼辦啊……？」

「麥克法蘭先生，請振作一下。現在不是擔心母親反應的時候。」福爾摩斯向**優柔寡斷**

的年輕律師說，「你剛才說警方已快來到**樓下**了，是甚麼意思？」

「因為⋯⋯我在倫敦橋車站下車後就一直被**跟蹤**。我估計警方知道我是律師，所以沒有拘捕我，但他們一拿到**手令**，就肯定會馬上採取行動。」

「那麼，看來我們是**刻不容緩**了。」福爾摩斯向華生說，「為了節省時間，你趕快把這段新聞唸出來聽聽。」

「好的。」華生拿起報紙，瞧了一下**坐立不安**的年輕律師，馬上唸道⋯⋯

昨晚深夜，倫敦市郊**下諾伍德**發生重大案件，位於錫登罕路的邃谷莊內的**貯木房**發生火災，屋主是現年52歲的著名退休建築師**喬納斯·奧德克**先生。

據現場附近的居民稱，昨夜**12點**左右貯木房失火後，雖然消防車很快就趕到，但由於木材惹火，火勢甚猛，足足灌救了兩小時才把火救熄。當時，消防隊以為只是一般火災，但後來發現屋主遲遲沒有現身，追查下始知道他失去了蹤影，後來由於在災場內發現一具**頭骨**和**腳掌**被壓得粉碎的焦屍，並找到幾枚屋主上衣的**金屬紐釦**，

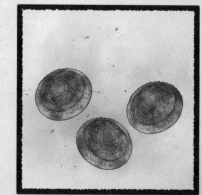

消防於是立即向警方通報。

　　警方到場調查後，看到奧德克先生睡房的保險箱被打開了，屋契等重要文件散落一地。同時，又發現房內有激烈的打鬥痕跡，並找到一根染了血跡的橡木製手杖，而地上更留下了少許血跡。

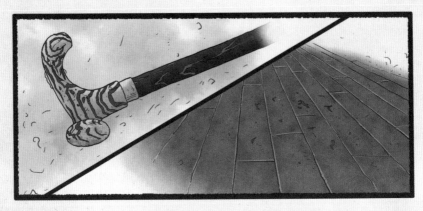

　　據邃谷莊的管家勒克辛頓太太說，是夜9時半左右，一位名叫約翰·麥克法蘭的律師曾登門造訪。這位律師與主人晚膳後，在主人帶領下進入睡房查閱文件。由於她每晚在

11

點就睡覺，所以並不知道該律師何時離開。不過，她認得**染血的手杖**是這位客人的物品。

此外，警方還發現睡房的落地玻璃趟門敞開着，地上還留下了重物由睡房被**拖**往貯木房的痕跡。所以，警方初步推斷，有人在睡房中與奧德克先生發生激烈打鬥，在把他打暈後拖往貯木房放火，企圖**毀屍滅跡**。由於奧德克先生死前最後的接觸者是約翰·麥克法蘭，警方已把他視為最重要的嫌疑犯，正準備把他**緝捕歸案**。

警方的追緝

「**你覺得怎樣？**」

華生唸完報紙後，向老搭檔問道。

　　福爾摩斯閉上眼睛，10根指頭合十似的頂着唇邊沉思了片刻。他沒有回答華生的問題，反而向年輕律師問道：「**你對報紙的報道有何看法？**」

「那位管家勒克辛頓太太說我昨夜**9時半**左右去到邃谷莊，與奧德克先生吃完晚飯後進入睡房查閱文件，都是正確的。吃飯時，他還請我喝了一杯很好喝的**冰涼的果汁**。」麥克法蘭努力地辯解，「但之後發生的事，我也是今早乘火車從諾伍德回倫敦時才從報上看到的。」

「**冰涼的果汁嗎？**」福爾摩斯思考了一下，再問，「你昨晚沒有回家，在諾伍德**過夜**了？」

「是的。」麥克法蘭有點沮喪地點點頭說，「因為⋯⋯我在奧德克先生家看完文件時已差

不多是深夜 **11點半**，錯過了尾班火車，只好在諾伍德找一家旅館投宿。今天早上在火車上看到報道後嚇了一跳，才知道自己成了**頭號嫌疑犯**。怎麼辦啊？現在怎麼辦才好？」

「那麼，你為甚麼想到來找我？」福爾摩斯問。

「找你？啊……因為我在行家中聽過你的大名，知道你比警察還屬害，曾為不少無辜的人**翻案**。」麥克法蘭說，「我……我意識到自己的處境非常不利，要是給抓進了警察局就無法為自己**伸冤**，所以就趕忙來找你了。」

「那麼，你與奧德克先生是怎樣認識的？他為何叫你去他

家查閱文件？」

「他是我**父母的朋友**，其實我只見過他幾次，昨天下午──」

噠噠噠噠噠！噠噠噠噠噠！

一陣亂哄哄的腳步聲響起，看來至少也有四五個人正從樓梯下面衝上來。

「看來你的**追兵**已趕到了呢。」福爾摩斯語帶戲謔地說。

「啊！那麼怎辦？」年輕律師霍地站了起來，他已被嚇得**面無人色**。

「福爾摩斯！這是我的案子，你不要插

手啊！」我們的老朋友李大猩連門也不敲，「砰」的一聲把門推開，就衝了進來。

「對！我們是來拘捕 **通緝犯** 麥克法蘭的！」狐格森惟恐落後似的，也從李大猩身後鑽了出來高聲搶道。

「**福爾摩斯先生！**」麥克法蘭求救似的望向大偵探。

福爾摩斯**氣定神閒**地向李大猩和狐格森說：「兩位探員，不用急嘛，嫌疑犯是你們的，我保證一定**雙手奉還**。不過，可以給我半個小時嗎？他是我的客戶，正在交待這個案子的**前因後果**，相信你們也有興趣聽聽吧？」

「哼！**證據確鑿**，有甚麼好聽？」李大猩不屑地說。

「對，我們才沒空聽廢話呢！」狐格森也不忘**唱雙簧**。

「那麼，就當作還一個人情吧。」華生看不過眼，立即插嘴道，「忘了去年那宗『**古堡謀**

殺案』嗎？要不是福爾摩斯出手相助，相信有人已在白金漢宮門前曬太陽呢。」*

「甚麼？你！」李大猩怒瞪了華生一眼，但又知道自己確實欠了福爾摩斯一個**人情**，只好指着大鐘

說，「**好吧！好吧！**只限半個小時，說完馬上跟我們走！」

狐格森也知道不能拒絕大偵探的要求，只好不服輸地向麥克法蘭喝道：「說話要當心，將來可能成為不利於你的**呈堂證供**啊。」

「這……」麥克法蘭膽怯地望向我們的大偵探。

「不用擔心，你如實說就行了。」福爾摩

斯 **不慌不忙** 地提醒，「你剛才說到奧德克先生是 **令尊** 和 **令壽堂** 的朋友，你只見過他幾次。」

「是的，我只見過他幾次，跟他並不熟。」麥克法蘭說，「所以，他昨天下午3點來律師行找我時，我感到很意外。而且，他 **道明來意** 後，我就感到更加 **意外** 了……」

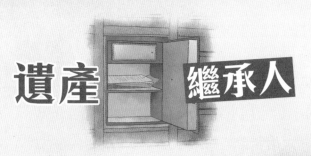

遺產 繼承人

H&M
SOLICITORS

「約翰，我想委託貴行幫我訂立一份遺囑。這是我寫的草稿，麻煩你把它們謄寫一遍。」奧德克把幾張寫滿了字的紙片放在桌上，「對了，我寫得可能不太規範，你要用法定的用語和格式修改一下。」

「好的，訂立遺囑收費——」

「收費多少沒問題，快點給我**謄寫**吧。我就坐在這兒等着。」奧德克說完，就坐了下來。

我反正有空，就馬上着手謄寫。他的**字跡**雖然**潦草**，但也不至於難以辨認，我改寫得很快。可是，當我謄寫到一半時，卻赫然一驚。因為，草稿上的**遺產受益人**竟然是我！

「奧德克先生，這⋯⋯這是我的名字，你怎會把遺產⋯⋯？」

「哈哈哈，很意外吧？」奧德克笑道，「我**無兒無女**，所謂朋友也多是**泛泛之交**，自小認識的好朋友只有令尊和令壽堂。據令尊生前說，你是個很孝順的兒子，而且**品行俱佳**，當了律師後又常幫助窮苦大眾打官司。當我想到要找**遺產繼承人**時，馬上就想到你了。我相信你一定會好好利用這筆遺產。」

「可是，**無功不受祿**，我怎可以收下你這份厚禮？」

「別這樣說，令尊於我有恩，在我年輕時曾幫我度過最困難的日子，加上他已過身，只留下你們**孤兒寡母**，我把遺產留給你，也算是向他報恩，讓

你們母子倆不愁日後的生活。」

「可是……」

「不要推辭了，我**心意已決**。」奧德克以

堅定的語氣道，「你

嫌棄的話，可以在

收到遺產後捐給**教**

會或者 慈善機構

呀，那不就行了

嗎？」

「這……」我沒法拒絕他的要求，就只好答

允了。我把遺囑寫好後，讓他看了一遍，然後請

律師行的書記當**見證人**，雙方簽了名作實。

「啊，差點忘了。」奧德克簽名後，像記起甚麼似的說，「你今晚**9點**來我家吃晚飯吧。吃完飯後，我有一些租約、房產合約、抵押文件和證券等等，都是遺產的一部分，想請你幫忙看看。別怪我**性急**，既然已立了遺囑，我想把所有事情快點弄好。」

「好的，我晚上到府上拜訪。」

「還有，暫時不要將此事告訴**令壽堂**。」奧德克**千叮萬囑**，「我想讓她有個驚喜。」

聽到這裏，福爾摩斯插嘴問道：「你有留下那份**遺囑的草稿**嗎？」

「有，我仍帶在身上。」麥克法蘭連忙從口袋中掏出幾張紙，遞了過去。

福爾摩斯接過後快速地看了一遍，嘴角浮現出一絲**狡黠的微笑**，

然後才抬起頭來問道：「於是，你昨晚**9時**依約去奧德克家了？」

「是的。」麥克法蘭想了想，又否定道，「不，我迷了路，遲了**半個小時**才抵達他家。我見到他後──」

「且慢，是誰來開門？」

「一個中年女人，看樣子是個家傭。」麥克法蘭說，「她馬上說出了**我的名字**，然後帶我去見奧德克先生。」

「看來就是報上所說的**女管家勒克辛頓太太**吧？」華生插嘴問。

「我在奧德克先生家中只見過她，應該就是她吧。」

「接着又怎樣？請說下去吧。」福爾摩斯說。

麥克法蘭掏出手帕擦了擦額頭上的**汗珠**，擔心地看了看盯着他的李大猩，然後繼續憶述：「我和奧德克先生吃完晚飯後，他吩咐家傭說如果我們看文件看得晚了，她可以先睡。之後，他就帶我進入**睡房**……」

我一踏進睡房，就看到一個已打開了的**保險箱**。奧德克先生取出一大堆文件，他一邊解釋文件的內容一邊讓我看，看完時已接近 **11點半**了。

「你稍等一下，我把你的**帽子**拿來。」奧德克先生說完，就走了出去把我留在飯廳的**帽子**拿來。

「啊，對不起，我還有一根**手杖**留在飯廳裏。」我說。

「是嗎？我沒看到啊。」奧德克先生有點驚訝地說，「哎呀，那家傭最愛整潔，但做事就**粗心大意**，一定是看到你的手杖髒了，抹乾淨後又不知道放到甚麼地方去了。這樣吧，反正過兩天我會再去找你，到時我把手杖拿過去吧。」

接着，他打開了面向前院的**玻璃趟門**

說：「約翰，家傭已就寢，不必叫她送客了，你從這道趨門離開吧。」

我也不好意思為了手杖打擾人家睡覺，就按奧德克先生的吩咐，從趨門走出院子，然後摸黑離開了。

「之後，你找了一家旅館投宿一宵吧？那家旅館叫甚麼名字？去到旅館時是幾點鐘？」福爾摩斯問。

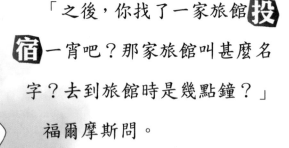

「那是安納利·阿姆斯旅館，我抵達時是深夜12點左右吧。不相信的話，可以去旅館問問。」

李大猩看一看手錶，不耐煩地向大偵探說：「剛好

30分鐘，

你問夠了

吧？」

「問夠

了。」福爾摩斯說完，轉向那位可憐的年輕律師道，「我不知道你是不是兇手，但請你放心，這案子**疑點重重**，我一定會找出**真相**的。」

「真相？這是**謀財害命**呀，還用找真相嗎？」李大猩以疑惑的目光看了看福爾摩斯。

狐格森湊到大偵探的耳邊，**煞有介事**地輕聲說：「一看就知道他年紀輕輕，卻是個心

狠手辣的傢伙啦。他欺騙長輩，誘使人家立下遺囑把財產留給自己後，就**殺人奪產**。

犯案動機非常明確，這麼簡單的案子還用查嗎？難道你想**騙**一筆調查費？」

「嘿嘿嘿，沒查出真相就拿錢的話，可說是**騙**。」福爾摩斯狡點地笑道，「要是找到真相的話，就是**報酬**。這報酬我拿定了。」

狐格森想了想，馬上走到李大猩耳邊，低聲說了些甚麼，然後向門外的兩個警察說：「我們在這裏還有些事要調查，你們先把**疑犯**帶走吧。」

「福爾摩斯先生，我是**無辜**的，你一定要查出真相啊……」麥克法蘭**哭喪着臉**說完這一句，就被警察押走了。

遺囑的草稿

「喂！福爾摩斯，你剛才 **自信滿滿** 的說會找出真相，難道掌握了甚麼我們不知道的 **線索**？」李大猩以質疑的語氣問道。

華生心想，這對蘇格蘭場的活寶貝雖然死要面子，但福爾摩斯說此案 **疑點重重** 一定有原因，所以就留下來追問了。

「嘿嘿嘿，我掌握的線索不比你們多啊。不過，這幾張 **遺囑的草稿** 你們仍未看，為了公平起見，請你們先看看吧。」福爾摩斯說着，把草稿遞了過去。

李大猩和狐格森接過草稿後，馬上細閱起來。

　　「大部分都寫得很潦草呢。」狐格森邊看邊說。

　　「對，大部分都寫得很潦草。」福爾摩斯說，「不過，這種潦草不是因為寫得**快**，而是因為書寫的環境並**不穩當**而造成的。」

　　「那麼，你認為是在哪裏寫的？」李大猩問。

　　「從字跡的**顛簸**程度看來，應該是在**震動的環境**中寫的。」福爾摩斯說，「看來是在**行駛中的火車**上寫的。」

「是嗎？」狐格森懷疑。

「而且，是在一輛從郊區開往倫敦的**特快列車**上寫的。因為，紙上的字跡大部分都**很潦草**，但中間有一處的字跡卻**頗為正常**。」

福爾摩斯說明道，「這是由於特快列車從諾伍德至倫敦橋站之間只有一處**停站**，在停站的時候，奧德克寫下來的字就自然**四平八穩**了。」

「**哇哈哈！**」李大猩大笑，「還以為你發現了甚麼，只是這一點嗎？就算死者真的是在火車上寫遺囑草稿，又跟找尋**真相**有何關係？」

「對，有何關係？」狐格森也追問。

「你們還不明白嗎？」福爾摩斯眼底閃過一下寒光，「遺囑對一個人來說是非常重要的文書，在正常的情況下，又怎會在一輛**顛來簸去**的火車上起草？**①**除非奧德克正**被人追殺**，知道自己快要死了，不得不快點把遺囑寫下來。**②**或者，他其實**毫不重視**這份遺囑，壓根兒沒想過它會有生效的一天。」

　　聞言，華生赫然一驚：「難道他正被人追殺？」

　　「這個可能性比較低，要是他被人追殺的話，應該立即避影匿形，又怎會走去約麥克法蘭吃晚飯呢。」福爾摩斯說，「所以，我比較相信是第②個可能性。」

　　「嘿嘿嘿，福爾摩斯，這次你太大意了，怎可輕信那小子的說話。」李大猩嘲諷道，「我估計

死者根本沒有約他吃晚飯，是他自己藉詞登門造訪，等傭人睡了，就伺機行兇殺人。」

「對！」狐格森說，「別忘了在現場找到的那根手杖啊！那可是重要的證物。」

「嘿嘿嘿，你們提出的質疑都可以解釋啊。」福爾摩斯冷笑道，「麥克法蘭口中的傭人，即是報上所說的女管家勒克辛頓太太，她不是親自讓他進門的嗎？相信你們已取得她的證詞了吧。而且，她也說過奧德克與他吃完晚飯後才進睡房呀。所以，麥克

法蘭沒有作假，他確是**應約赴會**的。關於那根手杖，就更離奇了，他懂得把奧德克拖到貯木房去**毀屍滅跡**，又怎會這麼愚蠢留下染血的手杖？」

「有何出奇？」李大猩不服地反駁，「一個人緊張起來就會**手忙腳亂**，忘了拿手杖也很正常呀。」

「確實有這個可能。」福爾摩斯說，「可是，他為何在奧德克立下遺囑的當天就行兇？他不怕引起懷疑嗎？稍有頭腦的人，起碼也會等幾個月，甚至**一年半載**才動手才對呀。」

「哎呀，你連這個也不明白啊？麥克法蘭怕奧德克反悔呀，所以他必須**先發制人**，根

絕後患嘛。」狐格森自作聰明地說。

「算了,我不與你們爭論了。總之,我會用我的方法去找出**真相**。」福爾摩斯沒好氣地擺擺手說。

「哇哈哈!找不到辯駁的理由吧?」李大猩**自鳴得意**,「福爾摩『**輸**』,這次你又輸了!我等着你的真相啊。再會!」說完,就**興高采烈**地拉着狐格森走了。

「怎樣?你真的有信心找到真相?」華生有點擔心地問。

「當然有信心。」

「那麼下一步怎辦?要先去兇案現場調查一下嗎?」

「**不,先去找麥克法蘭的母親。**」

「找他的母親?為甚麼?」

「嘿嘿嘿，當然是為了發掘此案**背後的真相**啦。」福爾摩斯別有意味地說道。

「但現場的證據對麥克法蘭確實很不利啊。」華生說，「不能因為遺囑的草稿寫得潦草一點，就否定兇案現場的物證呀。」

「不，這案子可分成兩個部分，**一是兇案現場的證據，二就是那份不尋常的遺囑**。」福爾摩斯說，「李大猩他們執着於現場的**證據**，卻沒理會那份遺囑，所以我更須從遺囑入手，以證明現場的證據並不可靠。」

| 第一部分：現場證據 | 第二部分：遺囑 |

「可是，那份遺囑與麥克法蘭的母親又有何關係？找她能證明甚麼嗎？」

「沒有直接的關係，卻有間接的關係。」

「甚麼間接關係？」華生問。

「還不明白嗎？奧德克把麥克法蘭選為遺產繼承人的動機呀。」福爾摩斯一針見血地指出，「麥克法蘭剛才不是說過嗎？奧德克把遺產留給自己，是因為父親是他的恩人。我們必須證實這個

**動機的
真偽**

呀。」

「啊⋯⋯我明白了。」華生恍然大悟，「你去找麥克法蘭的母親，是想弄清楚**麥克法蘭父母與奧德克的關係！**」

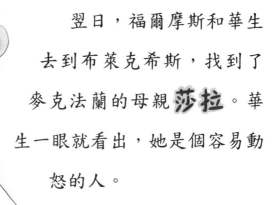

翌日，福爾摩斯和華生去到布萊克希斯，找到了麥克法蘭的母親**莎拉**。華生一眼就看出，她是個容易動怒的人。

「外子是他的恩人？簡直就是胡扯！」

莎拉一聽到福爾摩斯的來意，就**斬釘截鐵**地說，

「我們與他雖然相識多年，但絕對沒有幫助過他。當然，他也沒有幫助過我們。」

「那就奇怪了……」福爾摩斯問，「**恩人之說**，根據令郎的說法，是出自奧德克先生之口啊。」

「**哼！** 我不知道犬兒說過甚麼，但那傢伙為達目的，甚麼也說得出口。」

「可是，他為甚麼要向令郎撒這種**謊**呢？」華生插嘴問。

「我又怎會知道？但可以肯定的是，他一定**居心不良**。」

福爾摩斯想了想，再問：「據令郎說，奧德克先生曾與

他有過**數面之緣**，是真的嗎？」

「那傢伙確實在**過年過節**時曾來過我家參加派對，也曾出席外子的喪禮。但都是他自己來的，我從沒邀請過他。」莎拉說，「外子是個忠厚的人，並不知道那傢伙的**本性**。而我見他不是來搗亂，也就沒有當場把他趕走。」

「請恕我**單刀直入**。你好像很討厭奧德克先生，是否曾與他有過甚麼過節？」福爾摩斯問道。

「那些**陳年往事**，叫人想起也會感到不快，我不想提了！」莎拉決絕地說。

「引起你的不快，我感到很抱歉。」福爾摩

斯表示歉意，但話鋒一轉，隨即以嚴峻的語氣警告，「但你不回答的話，我就無法為令郎洗脫罪名了。」

「啊⋯⋯」莎拉動搖了。

「對令郎來說，這是生死攸關的問題啊。」華生也勸道。

「其實，奧德克是我的初戀情人，我當年年少無知，在他的甜言蜜語誘騙下，差點就與他結婚了。」莎拉壓制着怒氣憶述，「幸好，有一次郊遊時，我看到了他露出兇殘的本性，於是就與他分手了。」

「兇殘的本性？可否詳細說一下？」福爾摩斯好奇地問。

「他為了貪玩，竟把一隻貓扔進一個養了十多隻鴿子的鳥籠中！」莎拉的眼底燃燒着怒

火，「不僅如此，他還笑咧咧地拉着我，強迫我一起觀看貓*撲殺*鴿子的情景！」

「原來如此……」福爾摩斯想了想再問，

「令郎知道你和奧德克先生的這段關係嗎？」

「這些**大人的恩怨**，又牽涉男女關係，我在丈夫面前也從沒提起過，又怎會告訴兒子。」

「是的，這種事情確實**難以啟齒**。」福爾摩斯表示理解地點點頭，「那麼，你對這個案子有甚麼看法？」

「犬兒與奧德克**無仇無怨**，不可能走去把他殺死。」莎拉說，「此外，奧德克不僅殘忍，還是個**自私自利**的人，他把財產帶進棺材，也不會送給別人！何況是犬兒？」

燒焦的屍體

　　離開了莎拉家後，福爾摩斯和華生登上了火車，前往兇案現場的奧德克家。華生本來有很多問題想問，但福爾摩斯在座位上撿到一本乘客遺留下來的書後，已沒頭沒腦地看起來，他也就只好忍住不問了。

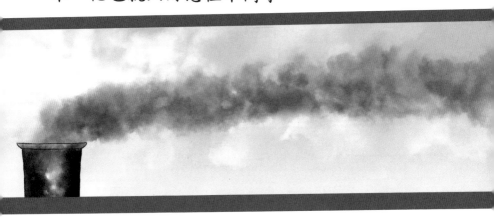

隆隆隆隆……隆隆隆隆……隆隆隆隆……

火車在隆隆聲中奔馳了兩個小時，看來快

要到達市郊的 諾伍德站 時，華生終於按捺不住，沒好氣地說：「你隨便撿到一本書怎會也看得這麼入迷？我們不是應該花點時間去討論一下案情嗎？」

「這是本關於 氣象學 的書，內容很豐富，在交給車站的失物認領處之前，我必須把它讀完呀。」福爾摩斯說，「對了，你知道空氣中的 濕度 與 天氣 也有很大關係嗎？」

「哎呀！我沒興趣與你討論濕度呀。」華生氣結，「我想討論的是，奧德克與莎拉之間既然有 宿怨，已可否定恩人之說。奧德克挑選麥克法蘭作為遺產繼承人的 動機 並不成立。」

「你說得對，不過這一點對麥克法蘭不一定有利。」

「為甚麼這樣說？」

　　「因為，沒有人能證明奧德克是否真的向麥克法蘭說過『**令尊於我有恩**』那一番說話，就是說，沒有人能證明奧德克立那份遺囑的動機是為了**報恩**。」福爾摩斯一頓，沉聲點出要害，「而更糟糕的是，莎拉與奧德克的關係原來那麼差，其證詞正好**否定**了奧德克以遺囑報恩的動機。這麼一來，不是正好反過來證明麥克法蘭在**說謊**嗎？」

莎拉×奧德克
＝關係差
↓
麥克法蘭說謊

「啊……」華生**赫然一驚**，「難道……難道他真的在說謊？」

「從單純的**利害關係**來看，這是一個合理懷疑。」福爾摩斯說，「不過，我們還可以得出另一個**完全相反的合理懷疑**。」

「相反的合理懷疑？那是甚麼？」

「那就是——」福爾摩斯眼底閃過一下寒光，「**說謊者並非麥克法蘭，而是奧德克！**報恩之說只是他用來欺騙麥克法蘭的手段，目的是**引君入甕**，把那個年輕律師誘到家中，然後設局陷害他殺人！」

「陷害他殺人……？」華生不禁打了個寒

顫，「難道⋯⋯難道奧德克在貯木房中引火自焚，以燒死自己來陷害麥克法蘭？」

「哎呀，華生，有時你的想像力真驚人。」福爾摩斯嘲諷道，「但這個可能性微乎其微啊。要知道，引火自焚是一個最痛苦的自殺方法，絕少人會這樣做。除非⋯⋯」

「除非甚麼？」

「除非，他想進行控訴。但控訴一般都是公開進行的，就是說，在一個公眾聚集的地方實行，故意讓很多人看到。因為只有這樣，才能達到控訴的目的，把自己關在貯木房中自焚又有何意義？」

「可是，警方在火災現場找到了**奧德克的屍體**呀！那還有假的嗎？」華生反駁。

「華生，有時你的**想像力**卻貧乏得嚇壞人。」福爾摩斯再次嘲諷，「如果你要陷害人家殺人，首先要準備甚麼？當然是**一具屍體**啦，在火災現場找到屍體有何出奇？」

火災現場的屍體
↑
陷害用的屍體

「啊！你懷疑那具屍體是**另有其人**？」華生訝異。

「沒錯。」福爾摩斯用煙斗搔了搔鼻尖說，「所以，奧

燒焦的屍體

移花接木。

德克才要引發一場**火災**，把那具屍體燒焦，令人們無法辨認他的容貌，以達到**移花接木**的目的。」

華生歪着腦袋想了想，不得不同意道：「李大猩只憑在現場找到的**金屬紐釦**來證明死者的身份，這個物證確實過於薄弱，並不足以證實那具被燒焦了的屍體就是奧德克。」

「所以，我們必須親自去驗屍，看看能否找到甚麼線索，以證實屍體的**真正身份**。」

「是的，報道雖然說屍體的頭骨被壓碎了，但只要找到**死者的牙齒**，再對照一下奧德克

看牙醫的記錄，就能**真相大白**了。」

　　說着說着，火車已緩緩地停了下來，他們已到達諾伍德站了。

　　兩人約好了下午3點在火車站的餐廳會合後，就**分道揚鑣**，華生趕去警察局的**停屍間**驗屍，而福爾摩斯則到奧德克家去調查，看看還有甚麼發現。

　　華生去到警察局後，在一位矮矮胖胖的**驗屍官**引領下，在停屍間中看到了那具被燒焦了的屍體。可能是當時火勢甚

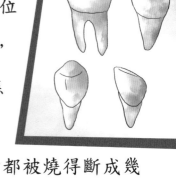

猛吧，屍體的部分肋骨和脊骨都被燒得斷成幾截，但**四肢的骨骼**卻相當完整，並沒有被燒斷。不過，最幸運的是，華生從一堆頭骨碎片中找到了幾顆完整無缺的**牙齒**。

　　「華生先生，要看奧德克先生的**醫療記錄**嗎？」驗屍官主動遞上一個文件夾，「我們已從他的醫生那裏拿來了，你可以隨便查閱。」

華生接過文件夾，馬上低頭翻閱起來，但翻來翻去也找不到他想找的東西。

「好像沒有牙齒的記錄呢？」華生抬起頭來問。

「啊，牙齒的記錄嗎？確實沒有，因為奧德克先生從不看牙醫。」驗屍官聳聳肩，擺出一副無能為力的樣子說。

「從不看牙醫？」華生用鉗子夾起一顆牙齒看了看，「看來我們這次得物無所用呢。」

「是啊。」驗屍官歎道，「牙齒是辨認身份的最佳『證物』，可惜這次用不上了。」

「對了，我雖然是醫生，但不是驗屍專家，請問還有沒有其他方法分辨死者的身份呢？」華生向驗屍官請教。

「屍體被燒得只剩一副骸骨，連身形肥瘦

5呎3吋

也無法區分，要辨認他的身份實在太難了。」驗屍官搖搖頭說，「本來量度一下屍體的**身高**也可用來對照參考，因為醫療記錄上寫着奧德克的身高是**5呎3吋**，如果屍體的身高不符，就可證明死者不是奧德克。但屍體的**頭顱**和**腳掌**都被燒焦和壓碎了，現已無法準確地量度出他生前的高度了。」

「是嗎……？」華生難掩失望。

「我已盡了力。這是**驗屍報告**的副本，你可以拿去再細閱一下。對不起，我還有別的工作要幹，失陪了。」驗屍官放下文件，就逕自離開了。

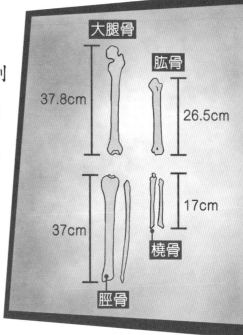

大腿骨

肱骨

37.8cm

26.5cm

17cm

37cm

橈骨

脛骨

　　華生打開文件從頭到尾翻了一遍，不禁暗自驚歎：「沒想到那個小胖子的**驗屍報告**做得這麼詳細，不但寫下了在災場中找到的**每一塊骨頭**的名稱，連它們的**長度**都一一記錄下來！要是蘇格蘭場的驗屍官也做得這麼仔細，李大猩他們的**破案率**也許會大幅上升呢！」

　　華生想了想，決定把這份副本拿走，一來可以給福爾摩斯開開眼界，二來也可以給李大猩他們當作**範本**參考。

血指紋與骨頭

回到約好的那間餐廳後，華生才記起還沒吃午飯，於是點了一個豐富的**牛排餐**，叫了杯伯爵紅茶，邊吃邊等福爾摩斯的到來。

「對不起，讓你久等了。」福爾摩斯**匆匆忙忙**地趕到時，已是4點鐘，他遲了足足一個小時。

「在奧德克家有甚麼發現嗎？」華生問。

「很可惜，火災現場的貯木房已被**完全燒毀**了，一點有用的**證物**也找不到。」福爾摩斯說，「我在奧德克家的客廳和睡房也作了詳細檢查，除了睡房的地板上確實留下了少許**血跡**外，也找不到任何**線索**。」

「兇手不是從睡房的玻璃趟門把屍體拉到貯木房去嗎？沒有留下**鞋印**之類的東西嗎？」

「都看過了，地上只有屍體被拉過的**痕跡**，並沒有留下鞋印。」福爾摩斯一頓，忽然壓低嗓子道，「不過，我查閱那些在睡房中找到的屋契、房產合約和證券等文件時，卻發現竟然沒有**銀行存摺**。」

「**沒有銀行存摺？**」

華生嗅到了不尋常的氣味，「這意味着⋯⋯？」

「這意味着**存摺**上可能隱藏着甚麼秘密，所以被人拿走了。」福爾摩斯說，「於是，我向女管家勒克辛頓太太查問，開始時她不肯說，但我說要抓她到警察局盤問後，她才**勉勉強強**地透露奧德克在倫敦銀行的**諾伍德分行**開有戶口。」

「你去**銀行**調查了？有發現嗎？」華生緊張地問。

「有！奧德克的戶口只剩下很少**存款**。他在這半年來進行了四次大額**匯款**，全都匯給一個名叫**科尼**的人。」福爾摩斯說，「由於這太像財富轉移了，我連忙查了一下他的證券戶口和房產合約，發現他在去年股市**崩盤**時，在股票上虧了很多錢，最後更把房產抵押了。就是說，他其實只是**表面風光**，實際上則是**欠債累累**。」

「原來如此……」華生想了想，赫然一驚，

「難道……難道他暗中把**存款**調離，然後假裝被人謀殺，企圖以『**死**』逃債？可是，如果那是**假死**，那麼在災場中找到的又是誰的屍體？」

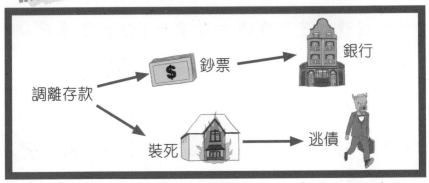

「問得好！我遲到就是為了弄清這個疑問。」福爾摩斯眼底閃過一下寒光，「所以，我去附近的墳場查過了，最近並沒有人**挖墳盜屍**。但**無巧不成話**，我正想去警察局查問失蹤人口時，墳場的管理員卻告訴我，兩天前，一個每天都在墳場過夜的**流浪漢**忽然失去了蹤影。」

「啊……你的意思是……？」華生不禁慄然。

「沒錯，**我懷疑被燒死的替死鬼正是那個流浪漢！**」

「唔……這個推論確實有理。」華生擔心地說，「但我去驗屍了，卻找不到可以用作核實屍體身份的線索。」

「甚麼？你那邊一點發現也沒有嗎？」

「抱歉，一點也沒有。」華生搖搖頭，並把在停屍間的調查**一五一十**地告之。

「唔……」福爾摩斯喃喃自語，「只剩下一副沒有**頭顱**，又沒有**腳掌**的骸骨嗎？」他皺着眉頭，

苦思冥想了一會，也想不到解決的方法。

「現在怎辦？看來我們已走進了**死胡同**呢。」華生苦笑道，「難道這一次你真的要成為李大猩口中的福爾摩『**輸**』？」

「是輸是贏對我來說**微**不足道，但麥克法蘭的性命卻掌握在我的手上，要是不能儘快為他**翻案**，單看表面證據，陪審團可能會判他死刑！」福爾摩斯憂心地說，「我們馬上回倫敦，去**倫敦銀行**總行查一下那個名叫科尼的收款人，或許能找到甚麼線索也說不定。」

　　福爾摩斯和華生回到倫敦後，翌晨一早就去倫敦銀行總行查問，但銀行經理以客戶的秘密為由，拒絕透露科尼的身份。**無計可施**之下，兩人只好去找李大猩和狐格森幫忙，希望可以通過他們向銀行施壓，以取得科尼的**戶口資料**。

　　可是——

　　「**哇哈哈哈！**你不必*白費氣力*去查甚麼戶口資料啦！」李大猩大聲譏笑道，「昨天傍晚，諾伍德警察局發來了一通電報，說在奧德克先生家的客廳，找到了一個拇指的**血指紋**，而且已查明是屬於麥克法蘭那傢伙的呢！」

「真的嗎？那指紋印在哪裏？我昨天去過現場，並沒有看到啊。」福爾摩斯不敢相信。

「哈哈哈，不必怪責自己啊。」狐格森笑道，「那個血指紋印在掛帽架後面的牆上，據說位置相當隱蔽，所以我們搜查時也沒發現呢。」

「印在掛帽架的後面嗎？」華生問，「難道麥克法蘭行兇時手上染了血，當取回帽子時，拇指不小心觸碰到牆壁？」

「華生醫生，還是你的推理能力比一般的偵探**猶勝一籌**。」李大猩斜眼看了一下福爾摩斯，**含沙射影**地說，「沒錯！麥克法蘭就是在取回帽子時，把**血指紋**印到牆上的，錯不了！」

「嘿嘿嘿，有趣。」福爾摩斯的嘴角泛起一絲別有意味的微笑，「請問那個血指紋是當地警察發現的嗎？」

「**哇哈哈！** 我們也看不到的東西，那些土警察又怎會看到。」李大猩笑道，「那是**女管家勒克辛頓太太**向警察局通報的，聽說是她在打掃時發現的。」

福爾摩斯向華生打了個**眼色**，說：「既然如此，我們確實不必去查**銀行戶口**了。」華生知道，老搭檔從血指紋中嗅出不尋常的氣味，並暗示可以**打退堂鼓**了。

一踏出蘇格蘭場的門口，華生就**急不及待**地問：「你好像不太相信他們的說話，難道有甚麼不妥？」

「**太有趣了，實在太有趣了。**」福爾摩斯笑道，「本來我心中還有一絲懷疑自己是否太

→無辜

過同情那個年輕的律師，在推論時有所偏頗。但聽到甚麼血指紋，我就肯定自己沒有錯——**麥克法蘭一定是無辜的！**」

「是嗎？血指紋不是鐵證嗎？怎會反而成了無辜的證據？」華生難以理解。

「嘿嘿嘿……」福爾摩斯說，「因為，我昨天特意查看了掛帽架後面的牆壁，那兒根本就沒有甚麼血的指紋！**指紋是我離開後才印上去的！**」

「啊⋯⋯」華生詫然，「可是麥克法蘭已被拘捕，他的指紋為何──」

「**不！**」福爾摩斯打斷華生的說話，「指紋可以**複製**，毋須麥克法蘭在場也可以把複製的指紋印到那兒。所以，你應該問──**①是誰把他的指紋印上去的呢？②為何不在案發後馬上就印上去嫁禍麥克法蘭，而要到昨天傍晚才印上去呢？**」

「第①個疑問很容易解答啊。如果奧德克仍在生的話，當然就是他了。」華生說，「但是，第②個疑問我就不懂得回答了。」

「嘿嘿嘿，這麼簡單也不懂得回答嗎？」福爾摩斯說，「因

為對奧德克來說，昨天出了他**意想不到的狀況**，他必須及時補救，製造更有力的證據來**置死**麥克法蘭呀。」

「出了甚麼狀況？」華生問。

「哎呀，還不明白嗎？」福爾摩斯沒好氣地說，「因為昨天我去過他家呀！而且，我還向那個女管家追問過**銀行戶口**的事呀。」

「啊！我明白了！他害怕你追蹤下去，會找到他陷害麥克法蘭的證據！」

「沒錯，所以他必須**先下手為強**，用血指紋來釘死那個可憐的年輕律師！」福爾摩斯說，「可是，**他沒想到這反而會成為釘死他自己的鐵證！**」

「那麼，你剛才為何不告訴李大猩他們？」華生問。

「那兩個傢伙**死要面子**，一定不會相信我昨天檢視過掛帽架後面的牆壁。」福爾摩斯說，「而且，奧德克能夠那麼快就作出**應變**，他肯定還躲在現場附近。為了拘捕他，必須想出一個**萬全之策**，以免李大猩他們胡亂行動**打草驚蛇**！」

「有道理。」華生說完，才記起手上的文件，「啊，對了。這是**驗屍記錄**，雖然沒有甚麼用，但你也可以看看。那個驗屍官辦事很認真，記錄得非常詳細。」

福爾摩斯接過來細看，當他翻到顯示**四肢骨骼長度**的一幅圖表時，突然止住了。

「怎麼了？」華生察覺有異，於是問道。

「華生，你實在**太大意**了。」

「大意？甚麼意思？」

「你沒看過這頁的 圖表 嗎？」

「看過呀。」

「看過的話，

就該算出屍體的身高

呀？」

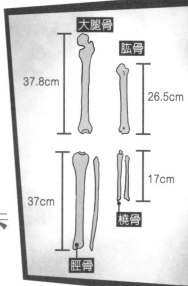

「那只

是記錄了**大腿骨**、**脛骨**、

肱骨和**橈骨**長度的圖表呀，

又怎能算出身高？」

「嘿嘿嘿，看來你沒聽過**卡**

爾．皮爾遜* 的大名呢。」

「卡爾．皮爾遜？他是誰？」

* Karl Pearson

「他是**倫敦大學學院*** 的應用數學教授，精於**統計學**。」

「那又怎樣？跟這張圖表有何關係？」

「他發表過這一條公式。」福爾摩斯說着，掏出筆記本，寫下了一條仿似**數學題的公式**給華生看。

$$身高 = 81.306 + 1.88F$$

「這是甚麼？」

「連這條**公式**也沒見過嗎？」

「我又不是數學家，怎會見過這種公式。」華生不滿地嘟噥。

「果然是個**專業的傻瓜**，只懂行醫看病，卻連這條**計算人體身高**的

* University College London

公式也不知道，實在太落後了啊。」

「算了，就當我是一個**專業傻瓜**吧。」華生沒心思爭辯，「快點告訴我怎樣用這條公式來**計算身高**吧。」

福爾摩斯沒有回答，只是嘴角泛起一絲微笑，在公式旁邊寫下「F＝femoral」*。

華生盯着「femoral」和那條公式一會，終於「**呀**」的一聲叫了出來。

「你不是說只要把**大腿骨的長度**代入公式中，就能計算出死者生前的身高吧？」華生問。

福爾摩斯舉起食指，輕輕指着華生的鼻子笑道：「**中！你猜中了。**」

＊femoral即是大腿骨。

聞言，華生馬上把圖表上的**大腿骨的長度**代入公式中，只花了半分鐘，就計算出死者的身高是——

死者身高

$$81.306 + 1.88F \Rightarrow 81.306 + 1.88 \times 37.8cm$$
$$\Rightarrow 81.306 + 71.064cm$$
$$= 152.37cm$$

「**152.37cm**相等於約**5呎**！**死者只有5呎高！**」華生說，「足足比奧德克矮了**3吋**！」

「嘿嘿嘿，所以就算沒有頭骨和腳掌，只要有這大腿骨的長度，就能準確地計算出死者的身高了。」福爾摩斯說，「這是皮爾遜教授通過**統計學**推算得來的公式，相當準確的啊，不過此公式只適用於**男人**，女人就要用另一條公式了。」

「太厲害了，沒想到竟可這樣計算出**人體的高度**。」華生佩服地說。

「現在知道屍體並非奧德克本人，我們已有足夠證據叫李大猩和狐格森他們搜查奧德克家內外，看看他**藏身**在甚麼地方。」福爾摩斯興奮得**磨拳擦掌**，但想了想，又搖搖頭說，「不，那對活寶貝又笨又頑固，不一定相信骨頭量身高的方法，加上兩人**死要面子**，未必肯配合。」

「那怎麼辦？」

大偵探沉思片刻，忽然，他狡黠地笑了一下，一個轉身就往回走，直往蘇格蘭場的門口走去。華生雖然不明所以，但也只好匆忙跟上。

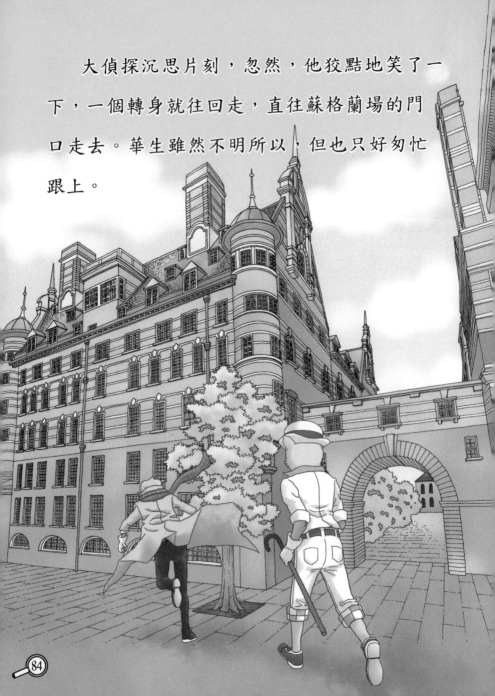

暗藏的空間

「甚麼？謀殺奧德克除了麥克法蘭外，還有一個**幫兇**？」李大猩詫異地反問。

「對，那個幫兇很可能就在他家中。」福爾摩斯**煞有介事**地說。

「**是誰？**」狐格森緊張地問。

「去到就知道了。」

「你怎知道有幫兇？」李大猩滿腹疑惑地問。

「**天機不可泄露**。」

「豈有此理！你不講清楚的話，我怎能**協助**你去拘捕人！」李大猩不高興地說。

「不，你搞錯了。你是**警察**，我只是**平民**，其實是我**協助**你去拘捕殺人犯啊。」福爾摩斯狡點地冷笑，「**嘿嘿嘿**，那個幫兇在這一兩天內必定會逃走，不快點採取行動的話，**後悔莫及**呀。」

　　聞言，狐格森把李大猩拉到一旁，輕聲地不知說了些甚麼。華生知道，狐格森看到福爾摩斯**自信滿滿**的，害怕錯失了拘捕兇犯的機會，正在遊說李大猩合作。

　　兩人低聲地爭執了一會後，李大猩一臉不爽地走過來說：「**好！去就去！**要是找不到甚麼幫兇的話，你要請我們吃一頓**法國大餐**啊！」

「好呀，要是找到了，你請我們三人吃一頓，好嗎？」福爾摩斯笑道。

　　「哼！怕你嗎？一言為定！」

　　「太好了！馬上出發吧！」狐格森大喜，因為不論誰贏，他都可以大快朵頤。

　　「怎麼你們又來了？」女管家勒克辛頓太太看到福爾摩斯四人突然到訪，有點詫異地問，「案子不是已破了嗎？報上說犯人已被捕了呀？」

「嘿嘿嘿，沒錯，犯人確實已被捕了。」福爾摩斯冷笑道，「不過，我們經過深入調查後，發現這半年來，有一個名叫**科尼**的人進行**敲詐勒索**，強逼奧德克先生多次**匯款**給他。」

「科尼？」女管家聽到這個名字時，臉上閃過一下驚惶，「我……我沒聽過這個名字。」

「真的嗎？」福爾摩斯故意露出猜疑的表情說，「但有**線人**向我們通報，這個人今天在諾伍德站下

車，看來是要來這個大宅啊。」

「怎……怎麼可能？」女管家囁嚅着說，「我……整天都在家中，根本沒有人來過。而且，他……他的**同黨**麥克法蘭已被捕了，他……他又怎會來這裏。」

「嘿嘿嘿，你不知道他來這裏的原因嗎？讓我來告訴你吧。」福爾摩斯**步步進逼**，「我們已查得清清楚楚了，那個科尼要來收回奧德克先生的**匯款單**，所以冒險也要前來！」

「**對**！你以為我們蘇格蘭場警探是吃素的嗎？」李大猩看見大偵探**咄咄逼人**的樣子實在痛快，於是**不甘落後**地加入戰團，「快說！那個**科尼**在哪裏？」

「我……我真的不知道啊……今天真的沒有人來過……」

「豈有此理！還不肯說嗎？」狐格森為了顯示自己的存在，也連忙叱問，「難道你想**窩藏嫌疑犯**？」

華生看着福爾摩斯**虛張聲勢**，而不知內裏的蘇格蘭場孖寶又煞有介事地**擊鼓助威**，心中忍俊不禁。

「我⋯⋯我怎會**窩藏嫌疑犯**⋯⋯你們不信的話，可以到處搜查一下啊。」為了表明清白，女管家情急之下慌忙道。

「好！我們也不想冤枉好人。」福爾摩斯說，「**帶路吧！**我們先繞着大宅走一圈，然後再到屋內搜查。」

「好的。」女管家沒奈何，只好領着四人走進前院，繞着大宅走了一圈。華生**冷眼旁觀**，小心地注視福爾摩斯觀察的地方。可是，我們的大偵探只是時而**舉頭四顧**，時而低頭望向大宅的牆腳，看來並沒有甚麼發現。

繞了一圈後，福爾摩斯道：「好了，去屋裏看看吧。」

「嗯⋯⋯」女管家點點頭，就領着四人走進了屋內。首先，她帶眾人看了看**客廳**，然後

穿過走廊到兇案現場的**睡房**檢視了一下。當
然,他們沒看到可疑的人。

　　「可以到**一樓**去看看嗎?」福爾摩斯以不
容拒絕的語氣問。

「好的。」女管家領着四人上了一樓，並逐一打開四個房間的房門讓他們入內搜查。可是，還是找不到疑人的蹤影。

「看完了嗎？」女管家說，「我們下樓去吧。」

「且慢。」福爾摩斯舉手一揚，然後一步一步地走到走廊盡頭，接着又轉身一步一步地走到另一端的盡頭。

「怎麼啦？」李大猩訝異。

「**有可疑！**」福爾摩斯眼底閃過一下寒光，「我剛才在樓下搜查客廳和睡房時，用腳步量過一下走廊的長度。很明顯，地下的走廊比一樓的長了**10呎**左右。」

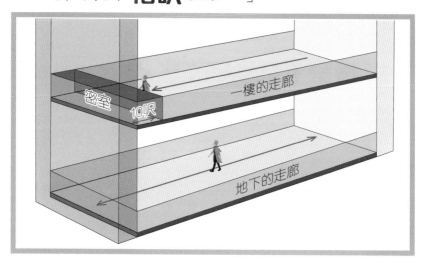

「甚麼意思？」狐格森問。

「不明白嗎？」福爾摩斯說，「我們剛才不是繞着大宅走了一圈嗎？**地下和一樓的外牆筆直相連，這表示它們的長度應該相等**，但為何一樓的走廊卻短了10呎呢？」

「啊！」華生赫然一驚，「你的意思是，一樓的走廊盡頭可能有**密室**！」

「沒錯！」福爾摩斯以銳利的目光盯着女管家詰問，「快說！是否有密室？」

「這⋯⋯」女管家不敢作答。

「**快說！是否有密室？**」李大猩咆哮問道。

「是⋯⋯」

「豈有此理！有密室也不說，一定是**窩藏**了犯人！快帶我們去看！」李大猩下令。

女管家慌忙領着四人走進走廊盡頭的房間。她把靠牆的 **衣櫃** 推開，一個 **密室** 出現在眼前。李大猩 **一馬當先** 衝了進去，但密室中除了一把椅子和一張桌子外，裏面 **空空如也**，甚麼也沒有。

「**沒人呢！**」李大猩嚷道。

「對，沒人呢！」狐格森也附和。

「奇怪⋯⋯」福爾摩斯感到意外，不禁皺起眉頭**自語自語**，「那傢伙一定藏在這裏，怎會沒有人呢？」

「我⋯⋯我不是說了嗎？今天真的沒有人來過啊。」女管家趁機辯解。

「喂！福爾摩『**輸**』，你的情報是否出錯了？」李大猩譏諷道，「**哇哈哈，法國大餐我吃定了！**」

福爾摩斯沒理會李大猩，只是自顧自地低頭沉思。不一刻，他猛地抬起頭來盯着女管家說：「對了，**你的房間**我們還沒搜過呢。」

「我⋯⋯我的房間嗎？」

女管家**臉色刷白**。

「對，你的房間。帶路吧！」

女管家**不情不願**地領着眾人下了樓，走

進了她的房間。

　　那是一個開了一扇窗的房間，裏面只有一張

睡床、一把**椅子**、一張**桌子**、一張**梳妝枱**、

一張**木凳**和一個靠牆的**衣櫃**，並無可疑之處。

　　「要搬開衣櫃看看嗎？」女管家主動問道。

　　「當然要！」李大猩和狐格森**一馬當先**，

走去移開衣櫃。

玻璃瓶的秘密

可是，福爾摩斯卻對衣櫃完全沒有興趣，他只是<u>一聲不響</u>地走到桌前，盯着桌上一個只有很少水的**玻璃瓶**。

「哎呀！原來衣櫃後面只是一堵**石牆**。」李大猩失望地說。

華生這時才注意到，衣櫃靠着的那堵牆與窗戶平行，牆後就是院子，根本不可能有密室，難怪福爾摩斯連瞅一眼也省了。

「**這是用來盛開水的瓶子嗎？**」福爾摩斯指着玻璃瓶問。

「啊……那瓶子嗎？是……是的，是用來盛水的。」女管家**慌慌張張**地答道。

「瓶身上有很多**水珠**，瓶下還有**一小灘水**呢。」福爾摩斯指着瓶下的那灘水說。

「啊……」女管家看

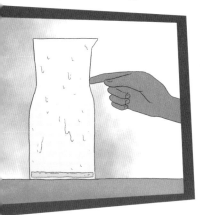

看**水瓶**又看看福爾摩斯，硬擠出一點笑容答道，「那……那只是我剛才不小心，倒水時*濺*了一點。」

「是嗎？」福爾摩斯脫下手套，輕輕地用食指碰了一下水瓶，再盯着女管家問道，「**這個水瓶一直放在這裏嗎？**」

「是……一直放在那兒。」

「華生，你脫掉手套，過來摸摸瓶子。」福爾摩斯說。

華生**不明所以**，但也照着吩咐脫掉手套摸了摸瓶子：「唔？這瓶子有點**冷冰冰**的呢。」

李大猩和狐格森雖然笨，但也知道**內有乾坤**，連忙學着華生走去摸了摸瓶子。

「唔⋯⋯果然有點冷冰冰的呢。」李大猩說。

「對，有點冷冰冰。」狐格森領首道，「有可疑。」

「太可疑了！」李大猩走到女管家跟前喝問，

「快說！為甚麼那玻璃瓶會冷冰冰的？」

「那⋯⋯」女管家言詞閃爍地辯解，

「那⋯⋯那是玻璃瓶嘛，有點冷冰冰也很自然

啊。」

「是嗎？」李大猩摸摸下巴想了想，「也有

點道理。人有**體溫**，用手指觸摸玻璃，確實會有冷冰冰的感覺。」

「嘿嘿嘿……」福爾摩斯狡黠地一笑，「瓶子旁邊有個**水杯**，你摸摸看。」

李大猩疑惑地看了看大偵探，伸手摸了摸水杯，然後再摸了摸玻璃瓶子：「**呀！瓶子比水杯要冰冷得多呢！**」

「沒錯，雖然同是玻璃，但瓶子卻比水杯要冰冷得多。所以只有一個可能，那就是——」福爾摩斯高聲點出要害，「**瓶子是從溫度很低的地方拿到桌子上來的！**」

聞言，女管家被嚇得臉色刷白，全身也**僵住**了。

「**溫度很低的地方**？甚麼意思？」華生問。

「嘿嘿嘿，你記得年前那宗『**蜜蜂謀殺案**』*嗎？」福爾摩斯提醒道，「那案子不是與溫度很低的地方有關嗎？」

「呀！」華生猛地記起，「那是**地窖的藏冰庫**！難道這裏也有藏冰庫？」

「沒錯！」福爾摩斯揚手往地下一指，「在這張地毯下面，肯定有個藏冰庫！**這個玻璃**

＊詳情請閱《大偵探福爾摩斯㉑蜜蜂謀殺案》。

瓶該是剛剛從藏冰庫裏拿出來的！」

「真的？」李大猩和狐格森連忙蹲下把厚厚的地毯揭開。果然，在地毯下面有個正方形的蓋子。兩人合力打開蓋子後，只見一股寒氣霎時湧出，並現出了一條通往地窖的樓梯。

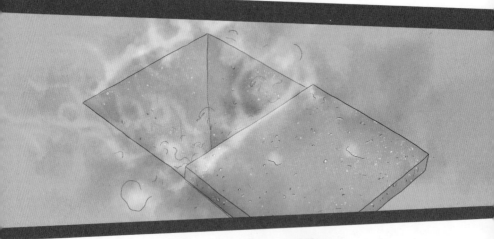

「可惡！居然在下面有個地窖！」李大猩指着女管家罵道，「那個幫兇科尼是否藏在下面！快說！」

「不……我……我不知道……」女管家惶恐得不知如何是好。

「**喂！科尼！**你已被警察包圍了！**快滾出來！**」狐格森搶先往地窖下面喊話。

「快滾出來！」李大猩也大喊。

可是，眾人等了一會，下面鴉雀無聲，一點回應也沒有。

「**太可惡了！**你不出來，老子就下來抓你！」

「**萬萬不可！**」福爾摩斯連忙把正想鑽進地窖的李大猩拉住，「那傢伙是殺人兇犯，你這樣下去很容易被他**暗算**。」

「那怎麼辦？難道已到口邊的肥肉也不吃

嗎？」

「嘿嘿嘿，只要**以其人之道還治其人之身**，他就一定會乖乖地走出來了。」

「即是甚麼意思？」狐格森問。

「你們去被火燒過的貯木房撿一些**木炭**回來，然後──」福爾摩斯嘴角泛起一絲冷笑。

「**啊！我明白了！**」

李大猩**恍然大悟**，連忙拉着狐格森衝出房

間。不一刻，兩人各自抱着一堆**木炭**跑回來。

「哇哈哈！」李大猩馬上點着一根木炭並向地窖喊道，「不肯滾出來嗎？吃我一根**火棒**吧！」說着，他揮手一甩，就把火棒扔到地窖去。

「還有我的呢！」狐格森當然**不甘落後**，也隨手一扔，把一根火棒往地洞丟下去。女管家

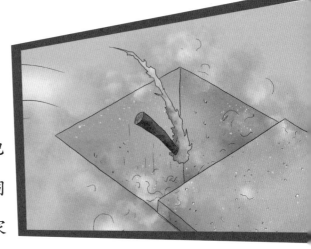

看到此情此景，霎時被嚇得**面無人色**。

兩人**爭先恐後**地扔下了十多根火棒後，地窖下面終於傳來一陣「**吭吭吭**」的咳嗽聲。

「**不！不要再扔了！**我上來啦！我上來啦！」地窖下的人大叫。接着，一個男人**氣急**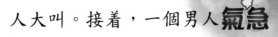**敗壞**地從地窖的樓梯攀了上來。

李大猩和狐格森見狀馬上撲過去把他逮住，並往他的雙腕銬上了**手銬**。

「哼！科尼！終於肯出來了嗎？」李大猩罵道。

「……」那男人驚惶地看着李大猩，不知道如何回應。

「嘿嘿嘿，他不是科尼，他是死去了的奧德克。」福爾摩斯冷笑道。

「甚麼？他是奧德克？」蘇格蘭場孖寶立即呆在當場。

奧德克和女管家勒克辛頓太太被抓到警察局後，由於證據確鑿，兩人只好坦白地交待了一切。

原來，奧德克年前投資失利，欠下了一大筆債。為了賴債不還，他先用假身份證偽造一個名叫科尼的人，並把存款匯到以科尼名義開

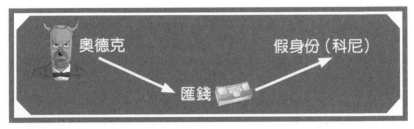

奧德克　　匯錢　　假身份（科尼）

的銀行戶口中，調走所有財產。接着，他走去找麥克法蘭訂立遺囑**設局陷害**，製造自己被殺的假象。那具在火災現場找到的屍體，就是那個在墳場失蹤的**流浪漢**，他是被奧德克灌醉而遇害的。這一切，都得到女管家勒克辛頓太太的協助，她收了奧德克一大筆錢作為**掩口費**。

死者→失蹤流浪漢

　　本來，他以為這個奸計**萬無一失**，卻沒料到福爾摩斯竟追查他的銀行戶口。為了**速戰速決**，他記起在封存遺囑的信封時，麥克法蘭曾在**火漆蠟**上按上拇指的**指紋**作見證。於

是，他吩咐女管家用黏土從**火漆蠟*** 上把麥克法蘭的指紋複印下來，然後再用自己的**血**印到牆上去。他以為這樣就可釘死麥克法蘭，卻沒料到反而**奸計敗露**，更暴露了自己的行蹤。

「那麼，你為何挑選麥克法蘭做你的**替死鬼**？你認識他的父母，他可是你的世侄呀。」福爾摩斯問。

「哼，當年莎拉狠心地離我而去，還生下這麼一個**相貌堂堂**的兒子。」奧德克悻悻然地說，「你說，一個正常的男人能忍受這種**侮辱**嗎？」

「所以你**懷恨在心**，要向他們母子報復？」

---

* 當時流行把指紋印在封信封用的火漆蠟上，以作封存的見證。

「沒錯！」奧德克毫不掩飾地說，「反正要找替死鬼，當然要挑選一個**眼中釘**。那小子**彬彬有禮**的樣子，實在看到也令人反胃！當然要給他一點顏色看看。此外，讓莎拉嘗嘗失去兒子的滋味，光是想想也叫人感到**無比痛快**啊！」

　　「你瘋了！不單陷害一個大好青年，還要為了裝死而謀殺一個無辜的流浪漢，你簡直就是**滅絕人性**呀！」李大猩破口大罵，「你擦乾淨脖子，準備上**斷頭台**吧！」

「對！準備上斷頭台吧！」狐格森也**氣憤難平**。

回到家裏後，華生有點感慨地說：「沒想到奧德克被捕後態度也那麼**囂張**，一點**悔意**也沒有。」

「有些人天生就沒有**同理心**，不會理會他人的死活，奧德克可能就是這類人吧。」福爾摩斯呷了一

口茶說。

「想起來，幸好他為了盛水而把**玻璃瓶**從地窖拿上來，否則你也未必能發現他藏身於冰窖呢。」

「其實是**天氣**幫了一個大忙，要不是天氣那麼**悶熱**、**濕氣**那麼重的話，玻璃瓶也不會沾滿水珠啊。」福爾摩斯笑道，「不過，沒有麥克法蘭那無意中的**提示**，我也未必馬上想到地下有個冰窖呢。」

冰涼果汁→冰窖（即地洞）

「無意中的提示？甚麼意思？」華生**不明所以**。

「嘿嘿嘿，你忘了嗎？他來找我幫忙那天，不是說過在奧德克家吃晚飯時，喝了一杯**冰涼的果汁**嗎？要是沒有冰窖，哪

來冰涼的果汁？」

「啊！」華生恍然大悟，他沒想到福爾摩斯竟然連一句完全**不起眼**的說話也記住了。

「很佩服吧？其實很簡單啊，我不是常說**你在看，我在觀察**嗎？」

福爾摩斯笑道，「這次是你**左耳入右耳出**，我卻牢牢記在心上，分別就在這裏啊！**哈哈哈！**」

「豈有此理，本來想稱讚你的，沒想到又趁機嘲諷我！」華生生氣了。

不過，他想了想，迅即**別有意味**地嘲笑道：「嘿！你真的甚麼也牢牢記住嗎？我知道

你有些事情忘得一**乾二淨**呢。」

「不可能。」福爾摩斯不相信，「我忘記了甚麼？」

「**法國大餐呀！**」華生冷眼往大偵探一瞥，「你不是忘了李大猩那頓法國大餐嗎？」

「**哎呀！糟糕！**」福爾摩斯大吃一驚，「**嘩**」的一聲從椅子上滾了下來。

科學小知識

【濕度】

　　濕度是指空氣中所含水分的比例，又分絕對濕度和相對濕度，這裏想說的是天氣報告中常提及的相對濕度。因為，相對濕度較直接地影響我們的日常生活，如相對濕度高（即空氣中所含水分較多），會妨礙汗水揮發，令人體無法透過揮發汗水來降溫。所以，在相對濕度高的日子，我們會感到悶熱。

　　測量濕度的高低，可以用濕度計。但我們透過觀察一些現象，也可知道濕度的高低。例如，在便利店買一瓶冰涼的汽水走到街上時，如果瓶身過一會就沾滿了水珠，就可知道濕度非常高。因為，空氣中的水分（水蒸氣）碰到冰涼的汽水瓶時，在氣溫急降之下，會瞬間凝結成水珠並沾在瓶上。反之，如空氣中水分不多（濕度低），瓶身是不會沾滿水珠的。

　　本案中，福爾摩斯看到玻璃瓶上沾滿了水珠，馬上就知道那瓶子來自溫度很低的地方，從而識破犯人藏身於地毯下面的冰窖之中了。

潮濕的空氣

汽水

把汽水從冰箱中拿出來時

冰冷的瓶身令周圍的潮濕空氣降溫，並令它們凝結成水珠附在瓶身上。

汽水

一會兒後

潮濕的空氣

狗是一種很愚笨的動物。

你在指桑罵槐嗎？

不是嗎？牠們太易聽人使喚了。

胡説！狗怎會聽人使喚！

快去撿回來！

汪

看！你説狗笨不笨。

這湯像水一樣，太騙錢了！

不，這湯是用骨頭熬出來的。

騙人！一塊骨頭也沒有啊！

你想啃骨頭嗎？要大的還是小的？

當然是要大的！

啃吧！

最近
常常腰骨痛。

你缺乏鈣質，
吃些補骨藥吧。

你吸煙太多，
左肺有癌細胞。

那怎麼辦？

算啦，反正
骨頭也快
打鼓了。

快打鼓
才要吃呀。

要鋸去一根肋骨，
再切走左肺。

可以把肋骨
還給我嗎？

為甚麼？

補充
鈣質呀。

要來幹
嗎？

否則
打鼓時很易斷啊。

這煙斗快爛了，
我想造一個新的。

福爾摩斯科學小實驗
暖貼吸濕器！

幸好你發現玻璃瓶上的水珠，才能抓到犯人呢。

是啊。不如來做個實驗，證明空氣中含有水分吧。

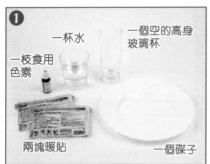

一杯水

一個空的高身玻璃杯

一枝食用色素

兩塊暖貼

一個碟子

 請準備好圖中物品。

 在盛了水的杯中滴入食用色素。

攪勻。

 將染了色的水酌量倒進碟中。

⑤ 拆開包裝袋，把兩塊暖貼貼在玻璃杯內下方。

⑥ 反轉玻璃杯，放入水中，但請勿沾濕暖貼。

大氣壓力

水位上升！

⑦ 靜待一段時間後，可看到杯中的水平面會高出碟子的水平面呢！

科學解謎　　水（H_2O）是由氫和氧組成，由於暖貼內的主要成分是鐵粉，當氧遇到鐵就很容易與鐵產生化學作用，變成氧化鐵。由於空氣中含有水分（H_2O），當水分中的氧與暖貼中的鐵結合後，空氣中的氧少了，令空氣的體積減少。這麼一來，杯外的大氣壓力變得比杯內的大氣壓力大，碟中的水受壓往杯內上升，令杯內的水平面比碟子的水平面高了。

大偵探福爾摩斯
骨頭會說話 ㊽

原著 / 柯南・道爾
（本書根據柯南・道爾之《The Adventure of the Norwood Builder》改編而成。）

改編&監製 / 厲河　　繪畫（線稿）/ 鄭江輝　　繪畫（造景）/ 李少棠

着色 / 陳沃龍、麥國龍、徐國聲、葉承志　　科學插圖 / 麥國龍　　封面設計 / 陳沃龍

內文設計 / 麥國龍　　編輯 / 盧冠麟、郭天寶

出版
匯識教育有限公司
香港柴灣祥利街9號祥利工業大廈2樓A室

承印
天虹印刷有限公司
香港九龍新蒲崗大有街26-28號3-4樓

發行
同德書報有限公司
九龍官塘大業街34號楊耀松（第五）工業大廈地下
電話：(852)3551 3388　　傳真：(852)3551 3300

第一次印刷發行　　　　　　　　　　　　　　　　2020年1月
Text：©Lui Hok Cheung

想看《大偵探福爾摩斯》的
最新消息或發表你的意見，
請登入以下facebook專頁網址。
www.facebook.com/great.holmes

ISBN:978-988-79705-8-3
港幣定價 HK$60
台幣定價 NT$270

發現本書缺頁或破損，
請致電25158787與本社聯絡。

網上選購方便快捷　　購滿$100郵費全免
詳情請登網址 www.rightman.net

兒童的科學 偉人傳記

誰改變了世界？①

4 個科學先驅的故事

收錄四位著名科學家及發明家的生平故事，包括法拉第、巴斯德、愛迪生及瑪麗．居禮，從中學習如何當上出色的科研人材！

「這本書簡潔易明，看了不但可知道 4 個科學先驅的生平，還能學習他們改變了世界的科學貢獻！絕對值得小學生閱讀！」（厲河）

每本書輯錄 10 集《兒童的科學》人氣連載漫畫 + 新增專題介紹及小遊戲。
欣賞漫畫後再看專欄及玩小遊戲，有助深入了解！